Mes parents sont gentils mais...

TELLEMENT ÉCOLOS !

Catalogage avant publication de Bibliothèque et Archives nationales du Québec et Bibliothèque et Archives Canada

Bergeron, Diane, 1964-

    Mes parents sont gentils mais... tellement écolos!
    (Mes parents sont gentils mais...; 8)
    Pour les jeunes de 10 ans et plus.

    ISBN 978-2-89591-073-2

    I. Rousseau, May, 1957- . II. Titre. III. Collection: Mes parents sont gentils mais...; 8.

PS8553.E674M472 2009   jC843'.6   C2008-942608-8
PS9553.E674M472 2009

Correction et révision: Annie Pronovost

Tous droits réservés
Dépôts légaux: 1er trimestre 2009
Bibliothèque nationale du Québec
Bibliothèque nationale du Canada

ISBN : 978-2-89591-073-2

© 2009 Les éditions FouLire inc.
4339, rue des Bécassines
Québec (Québec) G1G 1V5
CANADA
Téléphone : 418 628-4029
Sans frais depuis l'Amérique du Nord : 1 877 628-4029
Télécopie : 418 628-4801
info@foulire.com

Les éditions FouLire reconnaissent l'aide financière du gouvernement du Canada par l'entremise du Programme d'aide au développement de l'industrie de l'édition (PADIÉ) pour leurs activités d'édition. Elles remercient la Société de développement des entreprises culturelles du Québec (SODEC) pour son aide à l'édition et à la promotion.

Gouvernement du Québec – Programme de crédit d'impôt pour l'édition de livres – gestion SODEC.

Les éditions FouLire remercient également le Conseil des Arts du Canada de l'aide accordée à leur programme de publication.

Imprimé avec de l'encre végétale sur du papier Rolland Enviro 100, contenant 100% de fibres recyclées postconsommation, certifié Éco-Logo, procédé sans chlore et fabriqué à partir d'énergie biogaz.

IMPRIMÉ AU CANADA/PRINTED IN CANADA
Imprimerie Gauvin

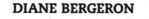

DIANE BERGERON

Mes parents sont gentils mais...

TELLEMENT ÉCOLOS !

Illustrations
May Rousseau

Roman

À Noëlla et à Edmond,
qui sont toujours plus que jamais
présents en nos cœurs.

Si nul ne prenait jamais de risque,
Michel-Ange aurait peint
les planchers de la chapelle Sixtine.

Neil Simon

1
Koala ou panda ?

Aujourd'hui, j'ai mis un t-shirt neuf, en fait, le seul qui était encore propre. Je sais qu'il ne passera pas inaperçu, car il n'y a rien d'écrit dessus. À mon école circule une idée, que je qualifie d'archaïque, voulant que seuls les vêtements griffés méritent d'être portés et te donnent droit à l'existence. Comme je ne veux pas me faire remarquer, je porte habituellement mes vieux t-shirts avec un logo quelconque, qui me cataloguent comme un gars très ordinaire.

La matinée se passe sans que la « brigade des griffés » se manifeste. Mais à l'heure du midi, alors que je m'installe à une table libre à la cafétéria, deux armoires à glace s'assoient à mes côtés, tellement près que même l'idée de prendre la fuite ne peut se glisser jusqu'à moi. Puis une voix se fait entendre dans mon dos. Je la reconnaîtrais entre mille : c'est celle de Jo-les-gros-biceps.

– Les gars, enlevez-moi cette poussière que je puisse m'asseoir.

Sans lever les yeux de mon sandwich, je grogne :

– Pousse-toi, Jo, j'étais là avant.

– Bizarre, ton tissu ! poursuit-il en tirant sur mon t-shirt et en l'examinant attentivement. Le rideau de la douche, chez moi, a la même couleur écœurante. Pourtant, Poitras, on te l'a déjà dit : pas de marque, pas d'écriture... pas de vie !

Mais peut-être qu'il y a quelque chose écrit sur l'étiquette ?

– Quoi, Jo, tu sais lire ?

Jo-les-pectoraux m'agrippe le collet, sort l'étiquette de mon chandail et éclate d'un rire sonore. Petit à petit, le silence se fait dans la cafétéria.

– Ha ! ha ! ha ! Écoutez ça, c'est la meilleure : son t-shirt rideau de douche est fait de fibres de bambou ! Du bambou, la gang ! Ce n'est pas de la bouffe pour koalas, ça ? Guillaume Poitras le koala ! Ça rime, en plus ! Ha ! ha ! ha ! Poitras le koala !

Autour de nous, des rires fusent. Tout le monde prétend apprécier les blagues de Jo-les-muscles-enflés, surtout quand les jumeaux Q-tips-à-deux-watts sont dans les parages. J'aimerais lui dire que la mode du coton, c'est révolu, que le t-shirt qu'il porte est bourré de pesticides, mais je suis devancé par une fille qui tient un tout autre discours :

– Idiot ! Tu n'y connais rien ! Tout le monde sait qu'un koala mange les bourgeons de l'eucalyptus. C'est même la seule nourriture qu'il peut digérer.

Manœuvre suicidaire. Les trois brutes se retournent, intriguées par cette élève qui arrive à peine à la hauteur de leurs pectoraux gonflés.

– De quoi tu te mêles, puceron ?

– Puceronne, peut-être ? À moins que tu ne saches pas faire la différence entre un gars et une fille ? Je me mêle de ton éducation, vois-tu. C'est le panda qui mange du bambou. Tu as dû confondre les deux.

Celle-là, je m'en serais passé. On ne donne pas toutes ses munitions à son ennemi, surtout quand la seule arme qu'on possède, c'est son esprit... et un grand clapet !

– Panda, koala, c'est la même chose, grommelle Jo, une lueur incertaine dans le regard. Ce sont deux bestioles qui vivent en Australie.

– Double idiot! continue la jeune fille. Le koala vit en Australie, mais le panda, lui, habite les forêts de l'Himalaya. Tout le monde sait ça.

Ooooooh! Cassé!

Un surveillant apparaît dans la cafétéria, mettant fin à cette joute des grands esprits. Après avoir repoussé la gagnante, la clique des griffés s'éclipse. Je plonge la tête dans ma boîte à lunch, heureux malgré tout de m'en être sorti avec tous mes morceaux. Je sens une présence dans mon dos. Miss Génies en herbe affiche le sourire de la victoire.

– Salut! Je peux m'asseoir avec toi? Je m'appelle Chloé. Chloé Patry. Je sais, ça fait Cléopâtre, mais on ne choisit pas son nom… ni ses parents. Ma mère est professeure d'histoire, tu vois ce que je veux dire…

– Euh… salut! Moi, c'est…

– Je sais. Guillaume Poitras. Et ça rime autant avec koala qu'avec panda. Il ne faut pas en vouloir à ces gars, ils sont juste bêtes. Probablement qu'ils n'ont jamais entendu parler de réchauffement climatique ni de gaz à effet de serre et ils doivent penser que le CO_2, c'est le nom d'un groupe de musique *heavy metal*.

– Arrête, je croirais entendre ma mère!

Chloé me fait un clin d'œil et ouvre sa boîte à lunch. Elle affiche une grimace de dégoût en retirant une tranche de jambon de son sandwich.

– Ma mère ne comprend pas que j'ai horreur de la viande.

– Les mères ne comprennent pas grand-chose à nos goûts. Moi, j'aimerais bien qu'elle achète du jambon, du poulet ou du bœuf… Mon père aussi, d'ailleurs. Lui, il a grandi sur une ferme et le bœuf, il connaît ça.

– Il ne dit rien?

– Oh oui! Il dit qu'un jour, il va s'acheter une ferme, que ça lui manque de se lever au chant du coq, de respirer l'odeur du foin coupé... Ce genre de balivernes. Mais heureusement, ce n'est pas demain la veille! En attendant, on mange «vert».

Je lui montre mon sandwich au fromage et à la laitue frisée, et j'ajoute, sur un ton dramatique:

– C'est quand même mieux qu'un sous-marin aux cretons de soya ou un bagel à la tartinade d'aubergine.

Du bout des doigts, elle me tend sa tranche de jambon avant de mordre dans son sandwich.

Je jette un coup d'œil à son lunch. Pincez-moi, quelqu'un, je rêve: pain aux 12 céréales et double verdure, jus de canneberge pur à 100 % sans sucre, yogourt aux probiotiques et salade de fruits frais faite maison. Le tout dans des contenants réutilisables, avec serviette en tissu et ustensiles en métal. C'est une copie conforme de mon lunch.

Voyant mon air ahuri, Chloé ajoute:

– Je réutilise mes cahiers de l'année passée et je remets toujours mes travaux imprimés recto verso. Mes livres sont recouverts avec du tissu et l'encre de mes stylos est biodégradable.

– Wow! Alors, tes parents aussi sont portés sur la chose?

– La chose? demande-t-elle en rougissant.

– Oui, l'écologie, l'environnement, la santé de la Terre, le combat contre la pollution et la surconsommation, l'effort collectif pour ralentir les changements climatiques...

– Mes parents? Ils s'en moquent comme de leur première paire de chaussettes. C'est moi qui fais tout dans la maison: trier les déchets, sortir le recyclage, éteindre les lumières, baisser le chauffage. Je leur rappelle de couper le moteur de la voiture et je tire la chasse des toilettes lorsqu'ils prennent leur douche trop longtemps. Et c'est sans compter les avertissements contre les herbicides et les engrais phosphatés que mon père utilise pour son «cher» gazon.

«C'est le monde à l'envers!» me dis-je, découragé.

– Bon, euh... si on changeait de sujet. J'entends ce discours tous les jours à la maison. L'école, pour moi, c'est une zone neutre, un havre de paix.

Chloé me regarde, surprise, avec une pointe de regret dans les yeux. Elle prend une dernière bouchée de son sandwich et dit en se levant :

– Je croyais que tu étais différent des autres. J'ai dû me tromper…

Et elle me laisse tomber comme une vieille pelure de banane. Ayoye ! On ne peut pas parler d'autre chose, comme du dernier James Bond, des profs qui nous donnent trop de devoirs, de la finale de baseball ? Est-ce trop demander ?

De toute façon, cette fille est bien trop écolo pour moi.

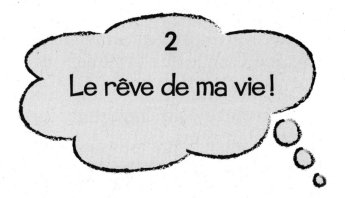

2

Le rêve de ma vie!

Lorsque j'arrive de l'école, ma mère m'accueille avec un grand sourire:

– Ton père a une surprise pour toi.

– Une surprise?

– Va le voir, ajoute-t-elle avec un air mystérieux. Il est dans le jardin.

Je n'aime pas ça. Mon père me réserve souvent des surprises du genre: désherber le potager, étendre le fumier ou bien brasser le compost. Ou encore, il se met à philosopher sur notre rythme de vie effréné, qui nous empêche d'admirer un coucher de soleil ou d'observer l'éclosion d'un papillon. Ouf! Des fois, je me demande sur quelle planète il vit.

Voyant que je me dirige plutôt vers ma chambre, ma mère me pousse résolument vers la porte arrière. Étrange. C'est vrai que mon père m'a déjà promis, un jour, de m'acheter un véhicule tout-terrain. Oui, mais c'était avant que mes parents prennent leur virage écolo. Aujourd'hui, la seule question qui les intéresse, c'est la quantité de gaz à effet de serre qu'on produit. À moins que... ce soit une mobylette électrique!

Je me rue vers la porte-moustiquaire, déboule l'escalier et m'arrête net, sidéré. Mon rêve de motorisé s'évanouit aussi vite qu'il est né. Mon père tient une corde au bout de laquelle est attaché un animal à quatre pattes.

– Guillaume, je te présente Rutabaga, me dit mon père avec une étincelle de fierté dans le regard.

– Rutabaga? Qu'est-ce que c'est que ça?

– C'est l'autre nom du navet, explique ma mère. Et mes navets sont particulièrement réussis, cette année. Belle surprise, n'est-ce pas? Tu sais, une chèvre, ça donne du lait, et avec son lait, on peut faire du fromage et même du savon. Qu'en dis-tu?

Aïe! On ne va pas la manger, on va la traire! Mais où ont-ils pêché une idée pareille?

– Maman, papa, on demeure EN VILLE! Ce n'est pas parce que la maison ressemble à une grange qu'on peut garder des CHÈVRES... Que vont dire les voisins? Et qui va la traire?

– Eh bien… on avait pensé à… toi? Tu nous as toujours dit que tu voulais un animal.

– Un animal? Je parlais d'un chien, d'un chat, au pire d'un rat ou d'un poisson rouge, mais pas d'une chèvre!

Je rentre dans la maison en claquant la porte. Non, mais qu'ai-je fait pour mériter des parents pareils? Une chèvre… S'il fallait que *la gang* de Jo-les-biceps apprenne ça…

Toute la soirée, on entend la chèvre chevroter. Toute la nuit, les chiens du quartier jappent après notre imbécile poilue qui béguète à la lune. À quatre heures du matin, les voisins menacent d'appeler la police. Puis à six heures, c'est ma mère qui explose: Rutabaga a piétiné les trois quarts du jardin en plus de dévorer… tous les navets dont ma mère était si fière. Mon père, qui voit toujours le côté positif de la vie, philosophe:

– Au moins, on aura du fumier frais pour engraisser la terre!

Ouach! Je me sauve avant qu'il me nomme « grand récolteur de bouses caprines ».

Ouf! L'arrivée de l'envahisseuse ne semble pas avoir fait le tour de l'école. Le trio griffé s'en tient aux «Panda», «Koala», «Poitras», mais pas de «Rutabaga».

Je croise Chloé, qui me regarde du coin de l'œil, l'air déçu. Très mauvais signe! Je n'aime pas que les gens pensent que je suis ce que je ne suis pas, ou que je ne suis pas ce qu'ils pensent que je suis. Enfin…

Intimidé, je l'aborde tout de même:

– Euh… Chloé… pour hier…

– Quoi? demande-t-elle avec impatience en regardant sa montre.

– C'est que… je ne suis pas…

– Tu n'es pas quoi?

– …

Je fige. Misère! Je déteste figer devant une fille. J'aimerais dire quelque chose pour me sortir de cette situation humiliante, mais je ne trouve rien d'autre à articuler que:

– Bêêêê… euh, rien… Laisse tomber!

Alors que Chloé s'éloigne, Jo-les-biceps me donne une grande tape dans le dos.

– Bêêêê… que tu es bête, Poitras! Tu vois bien que j'avais raison! Panda! Koala! Poitras! Ha! ha! ha!

Son rire hante le corridor de longues secondes, assez pour que tout le monde remarque la nouvelle couleur de mon teint: rouge homard bouilli.

Toute la journée, je n'ai que deux choses en tête : la chèvre de mon père et ma déveine auprès de Chloé. J'essaie pourtant de me convaincre de l'oublier :

« Poitras, cette fille est bien trop écolo pour toi. On dirait ta mère. »

Et me voilà, à mon cours d'informatique, en train de dessiner une chèvre au milieu de la page Web que je dois créer. « Il veut qu'on soit original, monsieur Têtu, je vais l'être ! »

Quelques clics plus tard apparaît un loup aux crocs impressionnants et aux yeux injectés de sang...

– Oh ! qu'elle est mignonne, ta chèvre !

Je sursaute. La voix vient de derrière mon épaule. C'est elle ! J'éteins mon écran à toute vitesse avant qu'elle ne remarque le thème légèrement sanguinaire de ma page Web. Je réponds d'un ton un peu sec :

– Non, elle n'est pas mignonne du tout. Qu'est-ce que tu fais ici?

– Je suis ce cours depuis le début de l'année. Je pensais que tu l'avais remarqué…

– Euh… non, pas vraiment.

– Ah bon! Mon ordinateur vient de me laisser tomber. Est-ce que je peux m'installer avec toi?

La première réponse qui me vient à l'esprit est: «Non, surtout pas!» Mais quelque chose me dit que j'ai peut-être la chance de refaire mon image. J'inspire un bon coup pour me donner le temps de réfléchir, et je lui dis:

– D'accord, va chercher ta chaise. Et… demande au prof dans combien de temps on doit remettre ce travail.

Je le sais très bien, mais j'ai besoin de quelques secondes de répit.

– On a jusqu'au prochain cours, répond-elle aussitôt.

– Tu en es sûre ? J'ai entendu dire qu'il nous laissait encore trois périodes. Va lui demander, s'il te plaît.

Elle me lance un drôle de regard avant de s'éloigner. Je rallume aussitôt l'écran, élimine le méchant loup et rajoute un bouquet de fleurs entre les dents de la chèvre. Je termine mon grand ménage juste à temps.

– C'est ce que je disais : seulement une période ! fait Chloé.

Elle fixe l'écran.

– Mais il y avait un loup, tantôt !

– Oh ! je l'ai effacé. Il était tellement mal dessiné ! Euh… veux-tu travailler à ta page Web ?

– Non, je l'ai terminée tout à l'heure. J'ai tout juste eu le temps de l'enregistrer avant que la machine gèle. Si tu veux, je peux t'aider avec ton projet. Tu dois vraiment le remettre au prochain cours, tu sais.

– Euh… bon, d'accord!

Chloé prend les commandes. Elle manipule la souris comme si c'était le prolongement de sa main. En quelques clics, la chèvre est entourée d'un champ de carottes, de jolis nuages qui se déplacent dans le ciel et d'oiseaux qui tournoient en piaillant. Puis, je vois la chèvre traverser le champ en inclinant la tête de temps en temps pour dévorer une pousse de carotte. Absolument fascinant!

– Comment veux-tu l'appeler, ton bébé? me demande-t-elle.

Ah non! Elle exagère, là!

– Écoute, Chloé, je ne peux pas te livrer un tel secret, on se connaît à peine!

Elle éclate de rire. Je suis fier de moi. Rapidement, j'enregistre mon travail sur ma clé USB et fais disparaître la chèvre de l'écran.

– À toi de me montrer ton travail, maintenant!

Elle ouvre un fichier. Tout ce que je vois, c'est une maquette tellement complexe qu'elle est assurément dessinée par un architecte. Chloé reste là à me regarder en souriant. Je comprends enfin:

– Quoi? C'est toi qui as fait ça?

– Oui, bien sûr! Je me suis un peu inspirée de modèles existants. C'est le plan d'un stade dans lequel j'aimerais jouer un jour.

Génial! La forme ronde du bâtiment et son revêtement en noir et blanc lui donnent l'aspect d'un ballon de soccer géant. Chloé clique sur la porte d'entrée et on accède à une vue de l'intérieur, le terrain proprement dit. Elle commente:

– Grand terrain synthétique… je sais, ça ne semble pas très écologique, mais le caoutchouc provient de pneus recyclés. Il peut accueillir des tournois internationaux, ou on peut l'aménager en deux plus petites surfaces de jeu. Voici les gradins, les vestiaires, la cantine, la boutique de sport et, ici, l'estrade d'honneur. Le tout permet une utilisation à l'année et l'espace est assez grand pour accueillir des foires et des congrès. Comment le trouves-tu ?

J'ai la bouche ouverte comme un poisson hors de l'eau. Cette fois, ça ne me dérange pas que rien n'en sorte. Chloé comprend et elle me décoche un de ces sourires qui vaut bien mille chèvres, mille terrains de soccer. Wow !

Je passe une partie de la soirée à me poser la question : j'appelle Chloé ou je ne l'appelle pas ? Son numéro de téléphone a été facile à dénicher, puisque son père est un agent immobilier archi-connu de Sainte-Émilienne. Reste à trouver le prétexte. Un devoir oublié ? Une explication en mathématiques ? C'est étrange comme on peut facilement inventer des ruses pour tromper ses parents ou ses profs, mais quand il s'agit d'une fille qui nous plaît, hop! la boîte à imagination fait défaut. Je prends finalement mon courage à deux mains et j'opte pour la stricte vérité :

– Salut, Chloé... euh... j'avais le goût de te parler...

– Ah, Guillaume ! Je pensais justement à toi.

Voilà !

On a une merveilleuse discussion qui dure des heures. Elle me parle de sa passion pour le soccer et des grandes distances qu'elle doit parcourir pour jouer à l'extérieur, car il n'y a aucun

31

terrain digne de ce nom à Sainte-Émilienne. On discute bien sûr du stade qu'elle m'a montré sur l'écran et dont les esquisses, paraît-il, tapissent les murs de sa chambre.

Ça y est, je suis complètement dingue de Chloé. Elle est entrée dans ma vie comme un ballon dans un but de soccer. Swouch!

Et tout ça à cause d'une chèvre, d'un stade et d'un t-shirt en fibres de bambou. Qui l'aurait cru?

BÊÊÊÊ!

3

Chloé, douce Chloé...

Branle-bas de combat, ce matin. La stupide chèvre a rongé sa corde et complètement bousillé le jardin durant la nuit. Mes parents s'échinent à sauver ce qui est encore sur pied, c'est-à-dire pas grand-chose. Rutabaga est en punition dans son coin, attachée avec sa nouvelle chaîne de métal. La chèvre rumine son déjeuner, la panse bien pleine, pas intimidée pour deux sous par les réprimandes de ma mère. Mon père me regarde et suggère :

– Elle a peut-être besoin d'un peu d'exercice ?

Je fais celui qui n'a rien compris et je me sauve. S'il pense que je vais aller promener cette chose poilue…

Chloé est absente de l'école pour la journée. Une de ses amies m'informe qu'elle participe à un tournoi de soccer à l'extérieur de la ville. Les nuages gris s'effilochent lentement dans le ciel, libérant une pluie ennuyeuse à mourir. Je n'ai plus le goût de rien faire, c'est à peine si je réussis à rester éveillé durant les cours.

Lorsque j'arrive à la maison, ma mère semble avoir complètement oublié le déjeuner de la chèvre. Elle revient d'un congrès où elle a rencontré quantité de gens aussi « verts » qu'elle. Il a beaucoup été question de jardins communautaires. Ça a l'air épatant, à voir son enthousiasme débordant jusque dans ses mains, mais je ne saisis pas un traître mot de son discours. Seule Chloé occupe mon esprit.

Je lui téléphone à deux reprises, et par deux fois le répondeur m'apprend de sa voix monotone que toute la famille est absente. Durant le souper, ma mère déballe son projet comme s'il s'agissait d'un cadeau. Je grogne un « Ouais ! » et un « C'est fantastique ! » sans vraiment l'écouter. Je ne pense qu'à Chloé.

– Puis-je compter sur vous deux ? demande ma mère.

– …

– Guillaume ? insiste-t-elle.

Euh… de quoi parlait-elle, au juste ? Je me doute que si je ne dis rien, j'aurai droit à un interminable sermon de mon père sur le respect de ci et de ça… Voyant qu'il répond par l'affirmative, je l'imite :

– Euh… oui, bien sûr !

Constatant le sourire un peu étonné de maman, je me demande bien à quoi je viens de dire oui.

– Tiens, signe ici. Ce sera le premier nom sur ma pétition. N'est-ce pas merveilleux quand les jeunes acceptent de s'engager?

Oh là là! Qu'est-ce que je viens de faire? Je lis avec attention le titre de la pétition: «Projet de jardins communautaires. Sondage d'intérêt.» Ça ne doit pas m'engager à grand-chose. Je signe toutefois de manière illisible, jurant à ma mère que c'est ma nouvelle signature. Elle ne peut rien dire, mon père signe encore plus mal. La génétique ne ment pas.

Tout de suite après le repas, je tente une désertion. Mon père me lance le linge à vaisselle en disant:

– Fiston, la pétition ne te dégage pas de tes autres responsabilités. Allez!

la vaisselle… et le recyclage. À moins que tu préfères promener Rutabaga ?

Misère ! Je me débarrasse en vitesse de mes tâches et me jette sur le téléphone. Le père de Chloé répond. Enfin !

– Chloé ne sera de retour qu'en fin de soirée. Est-ce que tu désires lui laisser un message ?

– Euh… non, merci, je la verrai demain à l'école.

Je ne tiens plus en place. Je dois me changer les idées. Je passe par la cour arrière et prends mon vélo dans la remise. Je roule longtemps dans l'air frais en essayant de penser à autre chose. Les collines qui se déploient autour de la ville me gardent prisonnier de mes pensées. On ne s'échappe pas facilement de Sainte-Émilienne. La ville est construite dans une cuvette creusée par le passage d'un ancien glacier. Pour en sortir, il faut emprunter l'unique route, qui monte en lacets pour redescendre de la même façon de l'autre côté des remparts rocheux. À moins d'aménager des immeubles en hauteur, la ville ne peut plus s'agrandir. C'est complet! Comme mon esprit en ce moment. Aucune pensée ne peut se frayer un chemin dans le dédale de mes neurones. Il n'y a place que pour elle… Oh misère!

Le bêlement de la chèvre me tire d'un rêve très agréable. Catastrophe! Mon réveil n'a pas sonné et l'école commence dans dix minutes! Je saute en vitesse dans mes vêtements et me précipite à la cuisine, où j'attrape un bagel 15 céréales. Ma mère arrive à l'instant du jardin, la laisse de Rutabaga entre les mains. Elle lui fait vraiment faire de l'exercice? C'est ridicule!

– Guillaume, tu n'es pas encore prêt? Je t'ai pourtant dit de te lever, tout à l'heure...

Je suis déjà au coin de la rue lorsque j'entends crier derrière moi :

– Attends, Guillaume... Ton... à...!

Le reste se perd dans le vrombissement des voitures. Heureusement que l'école n'est pas trop loin. En approchant de l'édifice, je ralentis l'allure pour ne pas avoir l'air d'un marathonien en fin de parcours. Quelques élèves s'agglutinent encore dehors près de l'entrée, dont la bande à Jo-les-muscles. Je réussis à passer près d'eux sans me faire remarquer, quand soudain :

– Guillaume! Attends! Ton sac à dos!

Zut, je l'avais oublié. Mais comment ma mère a-t-elle pu arriver aussi vite? La réponse me saute aux yeux lorsque je me retourne : Rutabaga. Ma mère court, que dis-je, elle vole derrière la chèvre en laisse. Un regard à la clique des griffés suffit à me faire comprendre que la fin du monde – de mon monde – est arrivée. Ils ont tout vu et ils attendent la suite des événements avec un intérêt évident. Je me dirige vers ma mère en mettant toute l'indifférence possible sur mon visage, bien que je bouille de l'intérieur. J'attrape le sac à dos qu'elle me tend, en maugréant:

– Ce n'était pas nécessaire, maman.

Puis je lui tourne le dos et commence à gravir les marches de l'entrée. Au milieu des moqueries, j'entends un cri de surprise qui me force à me retourner. La chèvre s'est échappée! Je ne peux pas m'empêcher d'esquisser un sourire tant la bête a l'air heureuse de son coup. Elle gambade à gauche et à droite, bondit dans les airs, puis revient narguer ma mère pour se sauver à la dernière seconde. À chaque passage devant les rosiers du directeur, elle croque une fleur.

– Guillaume, viens m'aider, je t'en prie.

Derrière moi, un des deux Q-tips reprend en imitant ma mère:

– Oui, Guillaume, mon petit chéri, viens à mon aide. Cette bête est sauvage!

C'en est trop. Je redescends l'escalier et m'élance vers la chèvre. Avec quelques mouvements de bras, je la dirige vers un angle du bâtiment et la bloque dans un coin. Trop facile! Lorsque j'approche pour saisir sa laisse, elle penche la tête, gratte le sol de sa patte avant, puis fonce sur moi. Je l'évite au dernier instant. Fiou!

– Hé! Poitras! ricane Jo-les-biceps. T'as failli perdre tes bijoux de famille?

Je fais signe à ma mère d'approcher Rutabaga par la gauche pendant que je tente de la surprendre par la droite. Au moment où la chèvre tend la tête pour dérober un bouton de fleur, je saute sur son dos et atterris… dans le massif de rosiers. Aïe! Ça fait mal!

– Je l'ai! s'exclame ma mère en passant la laisse à son poignet. Merci, Guillaume, je te revaudrai ça.

Je reste couché dans les arbustes, meurtri et humilié comme jamais. Je ne vivrai pas une seconde de plus avec cette bête démoniaque. Mes parents devront faire un choix: c'est Rutabaga qui part, ou bien c'est moi!

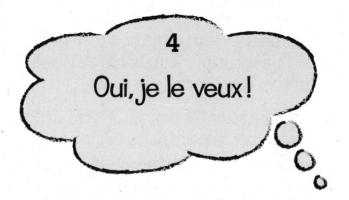

4

Oui, je le veux!

Il est 16 h 30. L'infirmière de l'école m'a donné congé aujourd'hui pour que je prenne soin de mes égratignures. Je soigne aussi mon orgueil, qui en a pris un sacré coup. Ma mère passe la tête par la porte de ma chambre.

– Guillaume, le téléphone est à veille de me rendre folle. Je dis à tout le monde que tu es malade, mais là, c'est une certaine Chloé. N'est-ce pas la jeune fille dont tu me parlais, hier?

Tiens! Elle m'écoutait?

– En passant, merci de m'avoir aidée à rattraper Rutabaga. Ça aurait été trop dommage de la perdre.

Je grommelle un « Ouais, pour la chèvre, on s'en reparlera ! » et je prends le téléphone, un peu intimidé :

– Salut, Chloé, ça va ?

– C'est plutôt à moi de te le demander. La nouvelle a fait le tour de l'école. Es-tu blessé ?

Je sens une certaine inquiétude dans sa voix. Que c'est doux à entendre !

– Ça va, maintenant. Et toi, ton match ?

– On a encore perdu. Mais ça va changer, tu peux en être sûr. J'aimerais te voir, j'ai quelque chose à te dire.

Ai-je bien entendu ?

– Euh… on peut se rencontrer au casse-croûte près de l'école.

– Non, j'ai une autre idée. Tu connais le terrain vague, près de la rivière ? Là où la grange de monsieur Tousignant a brûlé, l'été dernier.

– Bien sûr ! On s'y retrouve dans 15 minutes ?

– Oui, j'ai hâte de te parler, rajoute Chloé, sur un ton étrangement excité.

Yaouh ! C'est mon jour de chance. Enfin, si on exclut la fugue de la chèvre... J'enfile mon t-shirt en fibres de bambou, au cas où Chloé le remarquerait, et je sors de ma chambre en sifflotant. Ma mère ouvre la bouche pour parler, mais je la coupe avec un grand sourire :

– Désolé, maman ! J'ai un rendez-vous. Oh ! pendant que j'y pense... reste-t-il des légumes que la chèvre n'aurait pas mangés ?

– Je viens de les mettre dans le caveau à légumes. Pourquoi ?

– Ça te dérange si j'en prends un peu?

Ma mère me regarde comme si j'étais un mutant. Moi, l'anti-végétarien, l'opposant le plus acharné à son jardin, demander des légumes?

– Serais-tu en train de…

– De devenir végétarien? Moi, jamais!

Ma mère hausse les épaules et reprend:

– Sers-toi, mon fils. Quand il n'en restera plus, on en achètera au marché.

Je sens que cette dernière phrase lui reste en travers de la gorge. La fierté de ma mère, c'est son jardin. Depuis quelques années, elle dit à qui veut l'entendre que nous sommes autosuffisants en matière de légumes. Elle a sûrement digéré moins vite que la chèvre la perte de son jardin…

– Ça va, maman, je vais t'aider pour ton jardin. Mais pas tout de suite, j'ai un rendez-vous urgent.

Je marche d'un pas léger vers le champ de monsieur Tousignant. Le pauvre homme, il aimait tellement ses vaches qu'il est mort en essayant de les sauver de l'incendie. De la ferme, il ne reste plus que des poutrelles noircies par le feu. Comme le fermier n'avait pas de famille connue ni de descendants, les autorités ont préféré barricader toute la zone en attendant que se règle la succession.

J'arrive le premier et m'installe sur le siège d'un vieux tracteur rouillé. Chloé se présente quelques minutes plus tard, une boîte de carton sous le bras. Les yeux brillants, elle me fait un câlin – waouh! – et dit:

– Merci d'être venu aussi rapidement.

Avec un mystérieux sourire sur les lèvres, je retire mon sac à dos pour en sortir les légumes du jardin. Mais Chloé emprisonne ma main entre les siennes et me regarde droit dans les yeux. J'ai soudain l'impression que la température a grimpé de dix degrés!

– Je n'irai pas par quatre chemins, Guillaume; j'ai besoin de ton aide.

Je m'attendais à une demande un peu différente, comme: «Tu me plais, veux-tu qu'on sorte ensemble?» Non, juste: «J'ai besoin de ton aide!» Bon, j'ai peut-être été trop vite en affaires. Je plaque un sourire d'encouragement sur mon visage. Devant moi, Chloé ouvre sa boîte et étale avec précaution des papiers par terre. Je reconnais les dessins de son projet d'école: son fameux stade en forme de ballon de soccer. Mais il y a plus: un plan de la ville, une pile de feuilles colorées avec l'en-tête «pétition» et le dernier numéro du journal L'Émilienne.

– Guillaume, je crois que mon rêve est plus près que jamais de se réaliser.

– Ah... Ton stade de soccer..., dis-je en essayant de ne pas paraître trop déçu.

– Bien sûr ! Je ne pense qu'à ça depuis des semaines. Pourquoi crois-tu que je t'ai invité ici, sur le terrain de monsieur Tousignant ?

Évident, mon cher Watson. Non ?

– Parce que c'est ICI que mon stade sera construit !

Il ne manque que les « tadam ! » et quelques feux d'artifice pour faire comme dans les dessins animés. Remarquant à peine mon manque d'enthousiasme, Chloé poursuit :

– As-tu lu le journal ? Non, proba-blement pas. Personne ne le lit jamais. Eh bien ! J'y ai découvert ceci.

Elle me montre une colonne en page 3 intitulée : *La succession de feu Marcel Tousignant enfin réglée.* Chloé me pointe le dernier paragraphe : *La ville de Sainte-Émilienne est maintenant propriétaire d'un terrain stratégiquement situé au cœur de la ville, en bordure de la rivière. Le maire a révélé que ce terrain est très convoité par les promoteurs immobiliers, mais qu'il invite les Émiliens à proposer des projets originaux et utiles à la communauté avant que le conseil municipal prenne sa décision.*

– C'est la chance de ma vie, Guillaume. Notre municipalité a besoin d'un terrain de soccer. Et elle acceptera mon projet si elle veut conserver ses jeunes. Aucune ville ne peut survivre à l'exode de sa jeunesse. Mais je ne pourrai pas faire tout le travail toute seule. J'ai besoin d'aide. De beaucoup d'aide. J'ai besoin des gens qui peuvent déplacer des montagnes… de gens comme toi…

Elle me regarde avec de grands yeux suppliants, comme ceux du chat botté dans le film d'animation *Shrek*. Déplacer des montagnes, moi ? Le croit-elle vraiment ? Voyant que j'hésite encore, elle prend ma main et ajoute :

– S'il te plaît !

À son contact, des décharges électriques me traversent le corps. Ouf ! Comment refuser ? Sans trop savoir dans quoi je m'embarque, je lance :

– D'accord !

Elle me saute au cou. Je l'enlace et la tiens serrée contre moi… un instant trop court. Elle se dégage, un peu intimidée, et commence à m'expliquer la pétition, le stand à monter pour l'école, les banderoles, les annonces dans le journal, le projet à présenter à la mairie… Ses mains s'agitent, son sourire s'éclaire. Il n'y a pas de doute, c'est une passionnée !

En la regardant partir de son pas énergique et déterminé, je me rends compte que j'ai oublié de lui donner mon sac de légumes. Tant pis, ce sera pour un autre jour.

Lorsque je reviens à la maison, les bras chargés de papiers et les yeux dans le vague amoureux, ma mère, elle, est dans son mode « dépense énergétique sans émission de CO_2 ». Elle époussette avec ses vieilles guenilles avant de laver les murs du salon avec son nettoyant au bicarbonate de soude. Elle m'indique une pile de journaux et un vaporisateur de vinaigre.

– Ah non ! Pas le lavage des vitres ! Je vais encore sentir les croustilles au vinaigre. Pourquoi on n'utilise pas un vrai nettoyant, comme tout le monde ?

– Parce que les nettoyants commerciaux ne sont pas tous bons pour l'environnement. Tu as sans doute entendu parler des phosphates et du problème des algues bleues ? Maintenant, les phosphates sont de moins en moins utilisés, mais tellement d'autres produits chimiques devraient être bannis... Pourquoi ne pas prendre ce que la nature nous donne de plus simple ? Le vinaigre, le bicarbonate et l'eau...

Bon, je ne gagnerai jamais sur son terrain « vert ». Aussi bien me débarrasser de cette corvée. Pendant que je fais briller les vitres du salon avec du papier journal, j'en profite pour lire quelques vieilles nouvelles. Tiens, voici justement l'article que m'a montré Chloé.

– Guillaume, j'aime bien te voir lire, mais pour l'instant, veux-tu te contenter de frotter, s'il te plaît ?

Si elle pense que les journaux ne servent qu'à laver ses vitres, je vais lui prouver le contraire.

– Maman, as-tu lu le journal d'hier? Probablement pas, sinon tu saurais que le terrain du fermier appartient maintenant à la ville. Le maire a dit qu'il laisserait les Émiliens décider ce qu'ils veulent en faire. D'ailleurs, mon amie a un projet...

– Qu'est-ce que tu as dit? Le terrain de Marcel Tousignant est disponible? Montre-moi l'article, vite!

Elle m'arrache carrément le journal des mains. Et là, ma mère a une réaction vraiment démesurée : elle entame une danse étrange tout en lançant des hurlements de coyote. Mon père arrive à ce moment.

– Qu'est-ce qui se passe ici? Émilie s'est blessée?

– Euh… je ne sais pas. Elle était en pleine forme, juste avant…

Mon père me regarde avec de gros yeux, convaincu que j'ai fait exprès pour faire pleurer ma mère. Au bout de quelques minutes, elle se calme enfin. Elle se laisse tomber dans le divan et s'essuie les yeux en reprenant son souffle.

– Ça va, Émilie ? Qu'est-ce qu'il t'a dit, ce grand bêta ?

– Ce n'est pas ce que tu crois, Patrick, je devrais plutôt le remercier. Lis ça, dit-elle en lui tendant le journal.

Le sourire de mon père s'élargit à mesure qu'il lit l'article. Ma mère enchaîne :

– Tout ce qu'il manquait pour mon projet, c'était le terrain. Maintenant, je l'ai.

– Mais quel projet, maman ?

– Voyons, Guillaume, as-tu déjà oublié? Tu as été le premier à signer ma pétition.

– Euh...

Comment lui avouer que j'ai signé sans savoir pourquoi? Parce que je pensais à Chloé... C'est tout à fait normal, à mon âge, de penser aux filles, non?

– Les Jardins d'Émilie, bien sûr! La terre du fermier Tousignant est l'endroit rêvé pour implanter les jardins communautaires. Le sol est très fertile, la proximité de la rivière va permettre l'irrigation et imagine le parc qu'on va pouvoir construire tout autour pour agrémenter les jardins! C'est tout simplement fantastique!

Malheur, qu'est-ce que j'ai fait là? Ce terrain, c'est aussi celui que convoite Chloé pour son tout aussi fantastique stade de soccer!

– Guillaume, je crois que pour souligner ta participation au projet, on va le rebaptiser «Les Jardins Poitras». Qu'en dis-tu?

Panique. Bouffée de chaleur. Il ne faut absolument pas qu'elle associe mon nom à son projet!

– Non, maman! Les Jardins d'Émilie, c'est bien mieux.

– Bon… si tu insistes, mais n'oublie pas que tu as promis de m'aider. On doit recueillir le plus de signatures possible sur la pétition. Je crois que tu peux t'occuper de cela avec ton père, n'est-ce pas? Pendant ce temps, je vais préparer le dossier à soumettre au conseil municipal. Oh! que la vie est belle!

Je viens de prendre pleinement conscience de ce que veut dire l'expression «être pris entre l'arbre et l'écorce.» Dans mon cas, je suis «pris entre le stade et le jardin». J'ai promis à ma mère et à Chloé de les aider, et je ne peux reculer sur aucun front. Je ne veux pas perdre mes chances de conquérir le cœur de Chloé, mais ma mère, c'est ma mère. Et une promesse, c'est une promesse.

Ah! misère de malheur! Pourquoi ne suis-je pas un koala, aussi?

UNE PROMESSE, C'EST UNE PROMESSE!

5

Agent double

Dans mon cas, il est faux de dire que la nuit porte conseil. S'il existe un concours qui consiste à se poser autant de fois que possible la même question sans arriver à une réponse, j'ai officiellement gagné la première place. Que vais-je faire? Bousiller un des deux projets pour faire gagner l'autre? Mais lequel? Non... décidément, je n'arrive à aucune solution.

En mettant le pied dans l'école, j'ai complètement oublié l'histoire de la chèvre. Les élèves qui bêlent à qui mieux mieux ont tôt fait de me la rappeler, de même que le directeur qui me remet une facture salée pour le remplacement de ses rosiers. Oups! Jo-cerveau-mollo ne manque pas l'occasion de m'en lancer une:

– Dégoûtant, Poitras! Je viens de mettre les deux pieds dans de la bouse de chèvre. Non, mais faut-il être attardé pour garder une chèvre en ville!

– Petite tête, réplique Chloé, toujours prompte à prendre ma défense. Tu sauras que posséder une chèvre est tout à fait «in» et que cet animal fait fureur à Hollywood, chez les riches vedettes du cinéma et de la télévision.

Je ne sais pas si c'est vrai, mais ça cloue le bec à la bande des griffés. Je passe donc l'heure du dîner aux côtés de Chloé à faire la promotion de son stade de soccer et à recueillir des signatures. En 60 minutes, nous franchissons le cap des 500 noms, non pas tant parce que les jeunes aiment le soccer ou le sport en général, mais parce que Chloé donne à chaque signataire un coupon pour une frite gratuite à la cantine de son futur stade. C'est contraire aux valeurs santé de ma copine, mais elle promet que l'huile de friture sera tout ce qu'il y a de plus biologique et qu'elle sera recyclée après usage. Après cette heure sublime passée à travailler avec Chloé, j'ai droit à un baiser sur la joue. Ooouuuu! Ai-je déjà eu l'idée de bousiller son projet? C'est ce stade qu'il nous faut. Je crois même que je vais me mettre au soccer, surtout si c'est Chloé qui m'en enseigne les rudiments...

J'ai la soirée libre... pour ma mère. Ou plutôt pour aller recueillir, avec mon père, des signatures appuyant le projet de jardins communautaires. Au début, on se partage le travail en allant chacun de notre côté de la rue. Puis nous décidons d'y aller ensemble, pour s'encourager un peu, car après avoir frappé à 36 portes, nous n'avons recueilli que 5 signatures. Décidément, le projet de ma mère se vend moins bien que celui de Chloé. Arrivé devant la maison, j'exprime ma frustration à mon père :

– On n'en viendra jamais à bout. De combien de signatures maman a-t-elle besoin pour que son projet démarre ?

– Ce n'est pas tant le nombre comme la qualité. Si 50 personnes veulent un jardin, on l'aura probablement. À Sainte-Émilienne comme ailleurs, cultiver un jardin demande beaucoup plus d'énergie que de simplement acheter un sac de légumes à l'épicerie. Malheureusement, peu de gens se rendent compte que l'achat d'un aliment qui vient du bout du monde coûte beaucoup plus cher que le prix indiqué sur l'étiquette.

– Je sais, je sais, dis-je, exaspéré. Il y a l'essence pour le transporter et tous les gaz à effet de serre qui sont produits...

– Pas seulement ça... Cultiver un jardin, c'est bien plus que juste faire pousser des légumes. C'est un investissement social et environnemental. On commence par un jardin, ensuite on nettoie son petit bout de planète, puis on aide son prochain. L'idée fera son chemin, tu verras...

– C'est bien beau tout ça, mais s'occuper d'un jardin, ça demande aussi du temps. Je le sais parce que vous insistez toujours pour que je vous aide et je déteste ça. Les gens n'auront pas le temps de s'occuper d'un lopin de terre. Ils courent déjà toute la journée.

Mon père reste quelques secondes en silence. Puis il m'entraîne vers notre jardin, au fond de la cour, là où la chèvre a dévasté les rangs de navets. Depuis, il a semé de la laitue et de nouvelles pousses sont apparues. Il se penche et prend un peu de terre dans sa main.

– Je ne sais pas pour les autres, mais moi, quand je mets les mains dans la terre, tous mes soucis s'envolent. J'ai l'impression d'être le premier cultivateur de la planète. J'attends qu'un miracle se produise, que la minuscule tige qui émerge du sol soit assez forte pour supporter le poids des fruits. Elle a tellement d'ennemis autour d'elle : la sécheresse, la pluie, les insectes…

– Et Rutabaga !

– Oui, c'est vrai ! Alors, je l'entoure de soins. Et le fruit qu'elle porte a un goût impossible à retrouver sur le marché, parce que j'y ai mis beaucoup d'espoir et un peu de moi-même…

Je prends moi aussi une poignée de terre et la laisse couler entre mes doigts. Je n'avais jamais vu le jardin sous cet angle.

Compte rendu de la journée : plus de 500 signatures pour le stade, 5 seulement pour les jardins, un baiser sur la joue et deux heures passées avec mon écolo de père.

PÉTITION ET RE–PÉTITION

6

Entre l'arbre et l'écorce

La semaine me paraît à la fois longue et excitante. Tous les midis, je milite pour le stade de Chloé. Les élèves sont favorables au projet et signent avec enthousiasme, surtout lorsque la belle Chloé fait un discours passionné pour convaincre les réticents. Elle est à croquer ! Vendredi matin, la majorité des élèves ont signé ainsi que plusieurs professeurs. Pourtant, Chloé ne semble pas satisfaite. Elle arpente le petit local que l'école nous a prêté en se tordant les mains. Le moment est peut-être bien choisi pour lui offrir les légumes que j'ai cueillis ce matin, ceux que mon père a engraissés avec le fumier de Rutabaga...

– Tiens, Chloé, je les ai cueillis juste pour toi. Ils sont frais du jardin, cultivés sans pesticides ni engrais phosphatés, et leur culture n'a produit aucun gaz à effet de serre. Il y a des carottes naines, de la laitue frisée, des haricots verts et des concombres, les derniers de la saison.

Alors que je lève les yeux vers Chloé, espérant un sourire reconnaissant, je reçois plutôt un regard froid, hostile même. Je sursaute. La voix de Chloé tremble d'une rage contenue lorsqu'elle me demande :

– Pourquoi m'apportes-tu des légumes ? C'est pour me narguer ou quoi ?

– Tu m'as pourtant dit... que tu aimais les légumes... et que tu devais te battre avec tes parents... pour en avoir...

Mon bégaiement la radoucit tout d'un coup. Elle met sa main sur mon bras et dit:

– Excuse-moi. C'est à cause de cette femme...

– Quelle femme?

En posant la question, la réponse me saute aux yeux: ma mère, bien sûr. Quelle gaffe est-ce que je viens de faire, encore?

– Hier, après l'école, m'explique-t-elle, je suis allée présenter mon projet de stade au bureau de la municipalité. Il y avait une femme qui attendait, devant moi. Elle transportait une quantité impressionnante de papiers et elle en a laissé tomber quelques-uns. Je l'ai aidée à les ramasser et j'ai pu voir... oh! c'est trop horrible... qu'elle proposait, elle aussi, un projet. Les Jardins d'Émilie. Des jardins communautaires... sur MON terrain. Elle ne peut pas me faire ça, c'est à moi, ce terrain-là! Elle ne peut pas me l'enlever!

Je prends Chloé dans mes bras et l'étreins doucement pendant qu'elle se calme. Je ne veux surtout pas qu'elle remarque mon air coupable.

— Excuse-moi, Guillaume, je n'aurais pas dû te parler comme ça. Après tout, tu n'as rien à voir là-dedans. J'ai paniqué en voyant tes légumes.

— Allons, allons, tu n'as rien à craindre d'elle. On a plus de 750 signatures et elle n'en a même pas une vingtaine.

— Comment sais-tu cela? demande-t-elle en se dégageant brusquement, l'air suspicieux.

Oh! la gaffe!

– Euh… tu m'as mal compris. J'ai dit qu'elle ne doit pas en avoir plus d'une vingtaine. Ce n'est pas un projet aussi passionnant que le tien… il me semble. Je ne l'ai pas vu, mais… les gens ne voudront pas perdre de temps à cultiver des légumes s'ils peuvent aller les acheter à l'épicerie. Ton projet de stade est beaucoup mieux adapté pour Sainte-Émilienne.

– J'aimerais tellement te croire… Mais avec le virage environnementaliste que veut prendre le maire, le projet de cette femme a beaucoup plus de chances de se concrétiser que le mien. La terre de monsieur Tousignant est déjà zonée agricole et installer des jardins communautaires coûte bien moins cher que de construire un stade de soccer. Non, Guillaume, je le sens : ses jardins vont voir le jour, mais pas mon stade.

– Qu'est-ce que tu dis là, Chloé? Oui, ton projet coûte cher, mais pense à la gloire qu'en retirera la ville lorsque vous gagnerez votre premier tournoi de soccer dans ce stade! Et quand tu deviendras une joueuse professionnelle, c'est tout Sainte-Émilienne qui en sera récompensé. Je vois ça d'ici: le stade Chloé-Patry...

Elle a une moue désabusée. Je ne peux pas la laisser tout abandonner. C'est quand même ce projet qui nous rapproche...

– Chloé, pourquoi ne demandes-tu pas de l'aide? Des investisseurs, des gens qui ont de l'argent, un fabricant d'équipement de soccer, je ne sais pas, quelqu'un qui pourrait te commanditer et qui donnerait du sérieux à ton projet.

– Mon père voudrait bien participer...

– C'est fantastique ! Il travaille dans l'immobilier. Il a sûrement de très bons contacts.

– Non, tu ne comprends pas. Pour lui, participer, c'est tout prendre en main. Par exemple, notre projet d'été il y a trois ans, c'était de construire une cabane dans les arbres. On a commencé ensemble, mais au bout de deux jours à se cogner sur les doigts et à se taper mutuellement sur les nerfs, il a téléphoné à une compagnie de construction qui a terminé la cabane. Selon lui, j'avais la plus belle maisonnette de toute la ville. Mais ce n'était pas ça que je voulais. Le stade, c'est mon projet, pas le sien.

Je soupire en la regardant remballer ses affaires. Ma douce Chloé a, elle aussi, des squelettes dans son placard. Pas de chèvre, pas de mère écolo qui ne

73

pense qu'à son jardin, mais un père qui veut trop et qui gâche tout. Je lui dis :

– Promets-moi de ne pas abandonner ton rêve.

Elle relève alors la tête et m'offre un sourire qui me réchauffe le cœur. Elle me serre dans ses bras en murmurant :

– Heureusement que tu es là pour moi, Guillaume.

En me retrouvant devant ma mère, je comprends toute l'ampleur de ma trahison. Elle est aussi démoralisée que Chloé. Habituellement, quand je la vois ainsi, je lui rends de petits services, question d'être gentil avec elle. C'est souvent suffisant pour lui redonner le sourire. Mais aujourd'hui, je fais celui qui n'a rien vu et je m'esquive dans ma chambre.

Il ne s'écoule que quelques minutes avant que ma mère cogne à ma porte. J'étale en vitesse mes livres sur ma table de travail avant d'ouvrir.

– Je te dérange?

– Euh… j'étudiais. J'ai un gros examen… de maths, demain.

Elle se dirige imperceptiblement vers ma table et y jette un coup d'œil. J'ai sorti un manuel de français et mon cahier d'exercices de sciences est ouvert à l'envers. Oups! Ma mère pousse un soupir à fendre mon âme de fils.

– Qu'est-ce qu'il y a, maman?

Elle me gratifie d'un sourire entendu avant de s'asseoir sur mon lit.

– C'est cette petite pimbêche qui veut me voler mon terrain.

Elle insulte ma douce Chloé! Sans réfléchir, je m'exclame:

– Ce n'est pas une pimbêche!

75

Voyant le regard intrigué de ma mère, je recompose ma phrase:

– Je veux dire… qu'est-ce que c'est, une pimbêche?

Mais ma mère est déjà partie dans ses explications, avec les mains qui brassent rageusement l'air de ma chambre:

– Écoute: je me rends au bureau municipal pour présenter mon projet et qu'est-ce que je vois? Cette jeune fille, habillée en culottes courtes, avec sa casquette sur la tête, et qui tient une maquette de stade de… de football…

– On dit soccer, maman.

Encore ce regard. Je devrais apprendre à me taire.

– Sur MON terrain, Guillaume! C'est épouvantable! Elle veut faire construire une horreur de stade sur cette terre riche et fertile du fermier Tousignant. Un stade! Pourquoi pas

76

une usine de plastique ou un site d'enfouissement?

Elle commence à pleurer. Oh non! Surtout pas ça...

– Maman, calme-toi, s'il te plaît. Ce n'est qu'un projet. Et tu l'as dit toi-même, elle est jeune et sans expérience...

Ouille, j'ai l'impression de m'enfoncer dans un marécage très gluant. Mais je n'y peux rien, je déteste voir ma mère pleurer.

– Une enfant gâtée, voilà ce qu'elle est. Je suis restée, mine de rien, pour entendre ce qu'elle avait à dire, continue ma mère. Elle avait une pétition de 750 signatures! Jamais je n'en aurai autant. Mon projet est foutu. Je ne suis pas de taille.

– Mais maman, qu'est-ce que 750 noms de jeunes... euh... de personnes? N'importe qui est capable d'aller dans une école... ou un centre commercial et d'amasser autant de noms. Je ne suis pas sûr qu'ils ont autant de poids que tes 20 noms d'adultes prêts à s'investir dans des jardins communautaires.

– Tu crois? Tu crois vraiment que j'ai des chances?

– Bien voyons, maman, c'est certain. Le maire va sauter sur l'occasion. Des jardins, ça ne coûte presque rien à aménager. En comparaison, un stade, c'est un énorme investissement. Et puis, le conseil pense «vert», en ce moment. Imagine la popularité qu'il aurait auprès des autres municipalités s'il était le premier à installer des jardins communautaires! Alors, entre les deux projets, c'est certain qu'il va choisir le tien.

Ma mère me serre dans ses bras.

– Oh ! Guillaume, tu es un garçon extraordinaire. Qu'est-ce que je ferais si tu n'existais pas ?

– Tu m'inventerais…

C'est étrange. C'est comme si je regardais quelqu'un d'autre parler, comme si un marionnettiste, au-dessus de moi, manipulait les cordes d'un pantin. J'ai un pincement au cœur en pensant à Chloé, à qui j'ai servi les arguments contraires. Est-ce que c'est cela, être un traître ?

À TROP PARLER, ON SE CALE…

7

La guerre est déclarée

Autant la semaine a été fertile en émotions et en actions, autant la fin de semaine est décevante. Chloé participe à un autre tournoi de soccer à l'extérieur de la ville et ma mère assiste au colloque annuel du Mouvement pour l'agriculture biologique. Elle se cherche, et je la cite, « des munitions pour combattre son adversaire, la petite pimbêche, et son odieux projet de stade ». Je n'ai pas pu m'empêcher de lui répliquer que si elle considérait toutes les jolies jeunes filles comme des pimbêches, je n'avais pas hâte de lui présenter ma future copine. Elle a eu un drôle de sourire en me disant:

– Ce jour-là, mon Guillaume, ça me fera plaisir de changer ma façon de voir les choses. En attendant, cette Chloé veut me voler mon terrain et au nom de tous les futurs jardiniers de Sainte-Émilienne, je ne me laisserai pas faire. Au fait, la jeune fille qui t'a appelé le jour où la chèvre s'est sauvée, ne s'appelait-elle pas… Chloé?

Oups! Pourquoi cette question? Aurait-elle flairé quelque chose?

– Euh… non… oui, peut-être… mais tu sais, il n'y a pas qu'une Chloé à l'école…

– J'espère que tu me la présenteras un jour.

Oh! si elle savait…

– On ne sort pas encore ensemble.

C'est bien la seule vérité que j'ai dite aujourd'hui...

Lundi matin, je décide d'attendre Chloé dans le petit local prêté par l'école pour son projet. Hier, j'ai pris soin de consulter le site Web de l'Association de soccer pour connaître les résultats du tournoi. Lorsque Chloé franchit la porte, je me précipite vers elle avec un petit bouquet de fleurs que j'ai cueillies dans la plate-bande de ma mère.

– Chloé, c'est fantastique: vous avez remporté la médaille d'or! Et, en plus, tu as gagné le trophée de la joueuse la plus utile. Je suis tellement fier de toi!

Mais le visage qu'elle me présente n'est pas celui d'une gagnante. On dirait qu'elle va exploser comme une cocotte-minute mal réglée.

– Je les déteste! Je les déteste!

– Qui ça?

– Les conseillers municipaux. C'est trop affreux, Guillaume!

Elle se précipite dans mes bras, vibrante de colère. Je lui frotte douce-ment le dos, savourant ce moment magique, lorsque la voix de ma con-science se fait entendre: «Traître! Dis-lui la vérité si tu l'aimes vraiment.» J'éloigne Chloé de moi et me racle la gorge, mal à l'aise:

– Explique-moi, s'il te plaît.

– Les conseillers municipaux disent qu'ils vont rejeter mon projet parce que je suis trop jeune...

– Depuis quand y a-t-il un âge minimum pour proposer un projet?

– Ils veulent que je sois commanditée par un groupe financier. Si je ne rassemble pas 60 pour cent du montant nécessaire à la construction du stade, ma demande sera automatiquement rejetée.

– Soixante pour cent? Mais ça représente plusieurs centaines de milliers de dollars. Comment pensent-ils que tu vas réunir tout cet argent?

Je secoue la tête, navré pour Chloé, lorsqu'une pensée dérangeante se pointe à mon esprit:

– Mais... ils n'ont rien exigé de semblable pour le projet de ma... des Jardins d'Émilie!

Chloé me regarde avec attention.

– Comment sais-tu cela?

– Bien... euh... je dis ça comme ça. C'est une adulte et son projet ne coûte pas très cher, donc le conseil municipal n'a pas dû lui imposer de telles conditions.

– Il y a quelque chose que je ne comprends pas, continue Chloé. Lorsque j'ai présenté mon projet, ils savaient que j'étais jeune et jamais ils ne m'ont parlé d'âge minimum ni de garantir un montant. Alors, pourquoi les règles ont-elles changé, tout à coup ? À moins que...

– Que... ?

– Que ce soit cette femme, cette Émilie, qui s'est plainte et qui a trouvé cette excuse pour se débarrasser de moi...

– Mais voyons ! C'est impossible !

– Alors, trouve-moi une meilleure explication.

Chloé pense vraiment cela de ma mère? Je veux bien croire qu'elles sont des adversaires, mais... Puis, je me rappelle le visage de ma mère au retour de son colloque. Cet air triomphant. Et le téléphone, tôt ce matin, qui n'arrêtait pas de sonner. La mort dans l'âme, je demande:

– À quelle heure as-tu appris cette... mauvaise nouvelle?

– Juste avant de partir pour l'école, pourquoi?

Mon monde vient de s'effondrer. Ma mère, qui ne ferait pas de mal à une mouche, l'ardente défenderesse de la planète, serait-elle capable d'une telle machination? Quelle honte! Elle ne mérite plus d'être ma mère, je la renie, voilà! Mais ma petite voix intérieure me chuchote: «C'est toi qui lui as mis la puce à l'oreille en parlant de l'âge de Chloé.

Tu ne vaux pas mieux qu'elle... Regarde comme Chloé a l'air malheureux... tu dois faire quelque chose pour te rattraper... et pourquoi pas lui dire la vérité ?»

Peut-être bien que la voix de ma raison a... raison : je dois réagir. Mais avouer la vérité, ça, j'en suis incapable. Sans oser regarder Chloé dans les yeux, je lui suggère néanmoins :

– Ce midi, que dirais-tu de contre-attaquer ? Je t'organise tout ça, fais-moi confiance !

La cafétéria résonne des discussions d'étudiants. Nerveux, je prends le microphone et je demande le silence. Jo-petit-cerveau, dans la première rangée, m'apostrophe :

– Hé! Poitras le panda, t'as faim?

Il me lance à la tête ses bâtonnets de carotte et de céleri poisseux de trempette. Pendant quelques secondes, les crudités de tous les élèves s'envolent dans ma direction. Heureusement qu'il n'y avait pas de tomates au menu... Choquée, Chloé attrape le micro et rugit:

– Vous n'avez pas honte? Il y a des gens qui feraient des kilomètres sur les genoux pour manger ce que vous venez de gaspiller. Bon, ce n'est pas pour déclencher une bataille de nourriture ni pour vous apprendre le civisme que je prends la parole. C'est pour partir en guerre contre les adultes.

Un silence intrigué se répand dans la cafétéria. Je fais un signe de tête à Chloé pour l'encourager.

– Les adultes pensent qu'ils peuvent faire ce qu'ils veulent. Vous êtes d'accord?

Un « ouais » désabusé retentit.

– Et ils pensent pouvoir tout faire sans conséquences, poursuit Chloé. C'est bien vrai ?

– Tant que c'est légal, lance un surveillant, aussitôt chahuté par quelques élèves.

– Et nous, les jeunes, si on nous dit de nous taire et de rester dans notre coin, nous allons obéir à ces adultes, n'est-ce pas ?

– Non ! hurlent les jeunes, en tapant sur les tables.

– C'est pourtant ce que des adultes sont en train de faire avec notre projet de stade de soccer. Parce que nous sommes jeunes et que nous n'avons pas d'argent, nous devons accepter que ce soit les adultes qui prennent les décisions et les meilleures places.

Allons-nous accepter qu'une vingtaine d'adultes jardinent alors que mille étudiants voudraient jouer et voir des matchs de soccer ?

Le brouhaha est indescriptible. Les jeunes montent sur les chaises en tapant dans leurs mains et en criant. Moi, c'est Chloé que j'observe. Le regard farouche, elle replace une mèche de cheveux. Puis elle me sourit et attend que le silence revienne.

– Qu'est-ce qu'on peut faire ? questionne quelqu'un.

– Nous allons organiser une manifestation monstre. Cet après-midi même, à 14 heures, le maire sera à son bureau avec ses conseillers. Nous y serons, nous aussi. Ne dit-on pas que l'union fait la force ?

– Ouais, et on va lancer des œufs pourris ! crie une jeune fille aux cheveux orange et verts.

– Non, reprend patiemment Chloé. Ce sera une manifestation pacifique. On doit prouver aux adultes que ce n'est pas parce qu'on est jeunes qu'on ne peut pas agir en personnes responsables. Ils vont comprendre que le projet de stade n'est pas une lubie d'enfants gâtés, mais l'espoir de toute la jeunesse de Sainte-Émilienne.

Une seconde, j'imagine ma mère en train de traiter Chloé d'enfant gâtée. Cette image suffit à noircir le petit nuage sur lequel je flottais depuis quelques instants. Pendant que les élèves de l'école poursuivent leur chahut – comme s'ils avaient besoin de s'exercer avant la manifestation –, je m'éclipse. Bientôt, Chloé me rattrape. Je n'ose pas lui faire face. Elle me force à me tourner et m'embrasse... sur la bouche.

– C'est pour te dire merci, Guillaume. Tu es un garçon extraordinaire.

Dans ma tête, des étoiles éclatent comme pour la finale d'un feu d'artifice. Mais dans mon estomac, ça remue fort. Je lui dis, je ne lui dis pas ? Mal à l'aise, je m'éloigne un peu de Chloé et suggère :

– On devrait peut-être fabriquer des pancartes...

– Bonne idée, Guillaume ! Commence tout de suite... De mon côté, j'ai quelques coups de fil à donner.

Quinze minutes plus tard, Chloé revient, rayonnante.

– Ça y est : les médias seront présents à notre manifestation. Ça va frapper fort.

– Quoi ? Les médias ?

– Bien sûr ! La télévision, les journaux, la radio... Toute la population de Sainte-Émilienne doit être mise au courant du peu de considération accordée aux jeunes par nos dirigeants.

Et je n'oublierai pas de remercier publiquement mon organisateur préféré, rajoute-t-elle en s'approchant pour m'embrasser de nouveau.

Apocalypse ! Je m'éloigne vivement de Chloé, une main sur ma gorge, l'autre sur mon front :

– Tu sais... je ne me sens pas très bien. Je pense que je couve un mauvais virus. Ce serait peut-être mieux... que j'aille me reposer à la maison.

Visiblement déçue, Chloé me regarde partir. Je déteste mentir, mais là, c'est trop pour moi. Ma mère regarde toujours les informations de 18 heures...

La manifestation est un succès. Aux nouvelles télévisées – que je regarde de mon lit –, je peux voir Chloé brandir la pancarte que j'ai bricolée pour elle : *Respectez les rêves des jeunes !* La télévision retransmet aussi une partie de l'entrevue qu'elle a accordée à un journaliste, où elle parle avec fougue de son projet de stade. Bizarrement, on interrompt Chloé au moment où elle évoque la censure faite aux jeunes. Malgré le charisme de ma copine, c'est le maire qui occupe toute la scène. Peu importe que les jeunes le huent, il continue, en vrai politicien, de serrer des mains et de saluer la foule. L'affrontement entre Chloé et lui a quelque chose du combat de David contre Goliath.

Heureusement pour moi, pas une fois Chloé ne mentionne mon nom.

Cette manifestation aurait pu être le jour de gloire de Chloé si ma mère n'avait pas organisé, le même après-midi, une marche en faveur des jardins communautaires. Je la soupçonne de s'adonner à la sorcellerie, sinon, comment aurait-elle pu orchestrer sa marche le même jour que notre manifestation-surprise?

Aux nouvelles télévisées, on la voit déambuler à côté d'une charrette de ferme débordante de produits de jardin – gracieuseté du Mouvement pour l'agriculture biologique –, distribuant des sacs de légumes frais aux résidents de la ville. Même Rutabaga est mise à contribution: elle trotte aux côtés d'une mule, une couronne de fleurs tressées autour du cou. J'espère de tout cœur que personne ne fera le lien entre la chèvre dévoreuse de rosiers et la mascotte des Jardins d'Émilie...

Comble de favoritisme, le temps d'antenne consacré au projet de ma mère est deux fois plus long que celui pour le stade de soccer. Alors qu'ils ont coupé la plus importante partie du discours de Chloé, on peut voir le journaliste croquer longuement une carotte en laissant entendre des «Mmmm!» à la caméra.

Ah! ces adultes… ils sont parfois si ridicules!

Le lendemain, à mon arrivée à l'école, Chloé ne porte plus à terre. J'ai droit à un nouveau baiser, puis elle m'explique qu'elle vient de recevoir un appel du maire. Elle imite leur conversation:

– Mais qu'est-ce que vous avez dit aux médias, mademoiselle Patry?

– Euh… rien d'autre que la vérité…

– Eh bien! Vous en avez convaincu plus d'un. La jeune Chambre de Commerce, le Regroupement des gens d'affaires de Sainte-Émilienne et la Fédération de soccer sont prêts à investir dans votre projet de stade. À condition de remporter la course au terrain, bien sûr! Vous avez donc le feu vert pour présenter votre projet à la séance du conseil municipal prévue la semaine prochaine.

Je la serre dans mes bras, savourant cette nouvelle victoire de ma douce Chloé.

De son côté, ma mère a le vent dans les voiles. Elle est même allée sur la terre de monsieur Tousignant poser des piquets et des cordes pour «se donner une idée». Elle m'a demandé de l'aider. Je n'ai trouvé aucune raison de refuser. Mais le soir venu, je me suis faufilé pour enlever cordes et piquets. Comme ça, je tiens ma promesse envers Chloé…

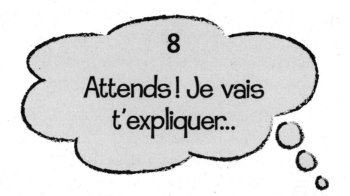

8

Attends! Je vais t'expliquer...

C'est étrange comme cette hostilité, qui a commencé entre ma mère et Chloé pour l'occupation d'un terrain libre, est en train de dégénérer en un véritable affrontement dans lequel tout Sainte-Émilienne est impliqué, une guérilla entre pro-Stade et pro-Jardins, entre jeunes et adultes, entre modernes et traditionnels. Si je n'étais pas aussi mouillé dans l'affaire, je pourrais dire qu'enfin, quelque chose bouge dans cette petite ville :

• Des jeunes improvisent des matches de soccer dans les rues, provoquant des embouteillages.

• Des commerçants remplacent les mélangeurs à barbotines par des distributrices de jus de légumes frais dans les écoles et les dépanneurs.

• Les enfants des garderies refusent catégoriquement de manger leurs carottes.

• Un camion transportant du fumier est mystérieusement détourné et son contenu est répandu au centre-ville. Une pancarte plantée sur le tas malodorant annonce : *Voulez-vous que votre ville ressemble à ça?*

Quelqu'un a rajouté : *Et sente ça?*

L'assemblée du conseil municipal a lieu ce soir. Chloé et ma mère sont nerveuses. Je suis nerveux. Autant pour elles que pour moi. Chloé m'a demandé de l'accompagner. Non, elle m'a plutôt supplié. J'ai accepté, évidemment. Ma mère veut que je m'assoie auprès d'elle pour montrer que les jeunes peuvent aussi s'investir dans son projet de jardins. Et j'ai accepté. Pourquoi ? Je ne sais pas, car ma préférence va au projet de Chloé. Peut-être parce que je sais que si ma mère perd, elle ne s'en remettra pas. Ma mère est comme ça : totalement engagée, obsédée, idéaliste. Une vraie Don Quichotte de l'environnement. Je vais en avoir pour des semaines à vivre un cauchemar...

Les deux projets doivent être présentés séparément. Celui de Chloé à 19 h 30 et celui de ma mère à 20 heures. Avec une pause entre les deux pour permettre aux gens de circuler. En effet, la salle ne peut pas contenir toute la population de Sainte-Émilienne. Et à voir comment les Émiliens prennent ces projets à cœur, ce sera « à guichets fermés ». C'est aussi, je crois, pour que les deux clans n'en viennent pas à se taper dessus...

Je le sais, c'est risqué, c'est même un peu suicidaire, mais j'ai décidé d'assister aux deux présentations. Guillaume le sportif, défenseur des jeunes et de la belle Chloé, en tenue de soccer et calotte. La calotte TRÈS enfoncée sur les yeux. Et Guillaume le jardinier, timide et refermé comme une huître, en salopette et chapeau de paille. Le chapeau TRÈS enfoncé sur les yeux. Je viens tout juste de cacher le second déguisement dans les toilettes.

Dix-neuf heures trente. On demande à Chloé de s'asseoir à l'avant, à une table avec deux chaises, deux micros et deux verres d'eau. S'apercevant que je ne l'ai pas suivie, elle pivote vers moi et me fait un sourire d'encouragement. J'avance à contrecœur, tournant le dos et cachant mon visage à l'assistance. La main de Chloé cherche la mienne. Elle examine la foule et sursaute, puis chuchote :

– Regarde, à l'arrière, dans l'enca-drement de la porte.

Je jette un œil et je la vois. Elle est avec mon père… Je me penche brusque-ment, faisant mine d'attacher un lacet. Mais que font-ils là ? Ils ne devaient arriver qu'à 20 heures. Je constate avec soulagement que la salle est remplie à capacité et qu'ils devront rester à l'arrière. Ouf !

– C'est elle, poursuit Chloé. C'est Émilie, ma concurrente déloyale, celle qui veut voler mon rêve…

Je n'aime pas la façon dont elle parle de ma mère, mais comment le lui reprocher ? Je sais, j'aurais dû tout lui avouer. Bien avant aujourd'hui. Mais j'en étais incapable. La tête toujours rentrée dans les épaules, je me penche vers Chloé :

– Il faut que je te dise quelque chose.

– Je sais, moi aussi j'ai tellement de choses à te dire. Je ne t'ai pas consacré beaucoup de temps, mais ça va changer, entre nous, tu verras. Regarde, voici le maire et ses conseillers qui entrent…

– Mademoiselle Chloé Patry, voulez-vous nous présenter votre projet, s'il vous plaît ?

Chloé se lève, s'approche de l'ordinateur et lance sa présentation multimédia. Sur l'écran, on voit d'abord apparaître le terrain abandonné de monsieur Tousignant, quelques poutres de la grange noircies par le feu et le vieux tracteur. On a même droit à la musique du groupe Mes Aïeux :

♪♫ Ton arrière-arrière-grand-père,
il a défriché la terre
Ton arrière-grand-père, il a labouré la terre
Et puis ton grand-père a rentabilisé la terre
Pis ton père, il l'a vendue,
pour devenir fonctionnaire… ♪♫

Ensuite, l'image change et montre le stade de soccer vu des airs. La musique du groupe Queen est résolument plus moderne : *We are the champions my friends*. Chloé active une touche et nous voici devant la porte d'entrée, réduits à la taille d'invités virtuels. Une guide tout aussi virtuelle nous annonce que nous allons faire la visite du nouveau stade de soccer de Sainte-Émilienne. J'observe les membres du conseil, qui écoutent avec grand intérêt la présentation. Quelques-uns prennent des notes à mesure que la guide nous pilote à l'intérieur du stade et dévoile des informations. Chloé a vraiment bien réussi sa mise en scène.

Profitant de la pénombre qui règne dans la salle, j'épie mes parents. Ma mère se mord les jointures pendant que mon père lui parle doucement, comme pour lui remonter le moral. Je soupire. Dans un concours, il y a toujours un vainqueur et un perdant. C'est la loi du plus fort...

Je ne me suis pas rendu compte que la présentation de Chloé est terminée. Les néons s'allument soudainement et j'ai tout juste le temps de voir les yeux de ma mère se poser sur moi, avec un énorme point d'interrogation dans le regard. Je m'enfonce sous ma calotte. Les applaudissements éclatent dans l'assistance. Puis, après quelques questions du maire et des citoyens, Chloé et moi sortons de l'arène. Je félicite ma copine, qui est rapidement entourée de ses nouveaux admirateurs, et me dirige vers les toilettes, prétextant une urgence. Dans la foule qui a envahi le corridor, j'entends derrière moi la voix de ma mère:

– Patrick, je suis sûre que c'est lui.

– Mais non, Émilie, les jeunes se ressemblent tous, à cet âge. Et puis, où aurait-il pris cet accoutrement? Ce n'est pas son style...

J'entre dans les toilettes, récupère mon sac et me change en vitesse. Lorsque je me présente devant mon père, habillé en parfait petit jardinier, il me dévisage, ironique:

– Ah! c'est toi, Guillaume. J'avais un chapeau pareil quand j'étais jeune. Tu l'as pris au grenier?

Ah bon ? Comme ça, c'était le sien !

– Ta mère te cherchait, justement. Elle pensait que c'était toi, le garçon assis à côté de la fille du stade. Elle a failli en faire une crise cardiaque !

– Maman a toujours eu… beaucoup d'imagination ! Je viens tout juste d'arriver. Comment avez-vous trouvé la prestation de… sa concurrente ?

– Excellente… malheureusement ! Sa présentation multimédia était imbattable. Elle a certainement une équipe de professionnels qui travaille pour elle.

Je ne peux m'empêcher de sourire intérieurement. C'est vrai que Chloé est tout simplement prodigieuse ! Je cale mon chapeau sur mes yeux et suis mon père. Ma mère veut que je m'installe à côté d'elle, mais je rétorque :

– Papa sera plus inspirant que moi. Je vais m'asseoir au fond de la salle et je surveillerai les réactions des gens. Bonne chance, maman!

Vingt heures. Je me dirige vers l'arrière, les yeux rivés au sol. Je sens que j'éveille la curiosité avec mon costume folklorique à souhait. Deux sièges sont libres dans la dernière rangée. J'en prends un, heureux que les lumières soient enfin éteintes pour la présentation de ma mère. Quelqu'un s'assoit à côté de moi. Au bout de quelques secondes, je sens un regard insistant posé sur moi. Mal à l'aise, je résiste autant que je peux, puis soulève le coin de mon chapeau:

– Chloé?

– Guillaume? Qu'est-ce que tu fais ici et... dans cet accoutrement?

– Chut! J'espionne ta concurrente. C'est pour passer inaperçu.

Elle rigole un moment, puis chuchote :

– C'est manqué ! Moi aussi, je l'espionne. Ça me rendrait malade qu'elle ait une meilleure présentation que moi.

– Impossible ! Tu es imbattable !

Autour de nous, des gens maugréent :

– Silence, les jeunes ! Allez vous faire des mamours ailleurs !

Chloé prend ma main en retenant un fou rire. Quel délice !

Ma mère présente son projet sur des acétates, le multimédia des années 1980. Pas de musique, juste le son de sa voix. En parlant des jardins communautaires, elle cite :

Beaucoup plus que fleurs et légumes y maturent!

Y germent des idées de protection de la nature, de reverdissement des villes, d'interaction sociale...

S'y récoltent embellissement du milieu, mieux-être, confiance en soi[1].

Je bâille un bon coup. Chloé me pousse du coude en pouffant dans son chandail. J'aimerais tant quitter la salle avec elle et oublier tout le reste... Après la période de questions, ma mère termine sa présentation en disant:

– Maintenant, j'aimerais remercier quelqu'un sans qui ce projet serait resté à l'étape de rêve. On dit souvent que la jeunesse ne pense qu'à s'amuser et qu'elle fuit les tâches et les responsabilités... À maintes occasions,

---

1. Marielle Hénault, citée dans *Créer un jardin communautaire, l'aménager, le gérer, l'animer*, du Mouvement pour l'agriculture biologique, Région métropolitaine, 1996.

ce garçon m'a prouvé le contraire. Guillaume, mon fils, si tu veux bien venir à l'avant que je te présente à tous.

Non, non et non! Elle ne peut pas me faire ça. Je m'enfonce profondément dans ma chaise et cale mon chapeau sur mes yeux. Chloé regarde autour d'elle, cherchant celui que sa rivale encense et qui porte, ô hasard! le même prénom que moi... Je sens une main se poser sur mon épaule:

– Allez, Guillaume, va rejoindre ta mère. Elle tient vraiment à te présenter.

Et là, je croise les yeux de Chloé, qui regarde mon père avec étonnement, qui, lui, considère nos mains entrelacées avec un air ahuri. Mais c'est le regard de Chloé qui me fait le plus mal quand elle comprend finalement ce qui se passe. Elle enfonce ses ongles dans ma main et me crache un «TRAÎTRE!» en plein visage avant de quitter brusquement la salle.

– Attends, Chloé! Je vais t'expliquer…

J'ai toujours trouvé cette réplique idiote lorsque je l'entendais au cinéma. Elle sonne encore plus pathétique venant de moi. Mon père me regarde avec une déception manifeste. Inquiète de notre absence, ma mère nous rejoint et demande ce qui arrive.

– Viens, on rentre à la maison, gronde mon père.

Tout en fixant la porte par laquelle Chloé vient de sortir, je grommelle entre mes dents:

– Je ne viens pas avec vous…

– Oh oui, tu viens avec nous! riposte mon père. Tu nous dois de sérieuses explications…

Et voilà! Moi et mes idées stupides d'aider les deux personnes les plus importantes dans ma vie. En quelques secondes, je viens de les perdre toutes les deux.

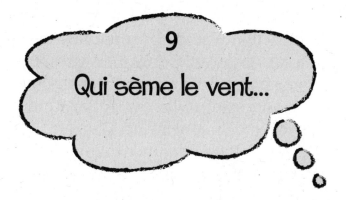

9

Qui sème le vent...

– Deux semaines... Je ne survivrai pas, c'est certain !

Depuis la présentation de son projet au conseil municipal, ma mère n'arrête pas de répéter cette phrase. Le maire et les conseillers de Sainte-Émilienne se donnent deux semaines avant d'annoncer leur décision.

Deux semaines, c'est long. Si vous n'avez jamais été privé de sortie pendant deux semaines, vous ne savez pas comment chaque jour s'écoule lamentablement. Si vous n'avez jamais été boudé pendant deux semaines par quelqu'un que vous aimez, vous ne savez pas comment chaque minute s'étire pour vous faire souffrir. J'en suis là. Et encore, ça ne fait qu'une semaine. Ma mère ne s'adresse à moi que pour l'essentiel, Chloé ne me parle plus du tout. Et son regard... Je ne souhaite à personne de devoir affronter un tel regard.

Mais je l'ai bien cherché. J'ai semé le vent et récolté la tempête. J'aurais dû tout leur avouer dès le début. Faire un choix et m'y tenir. J'ai voulu «ménager la chèvre et le chou» pour faire plaisir à ma mère et à Chloé, et je n'ai fait qu'empirer la situation. Le problème, c'est qu'elles se considèrent comme des ennemies et j'ai été trop lâche pour leur montrer qu'il pouvait en être autrement.

Mon père ne sait plus quoi faire pour changer les idées de ma mère.

Il craint qu'Émilie s'enlise dans la grisaille. C'est que son projet, d'après les journaux, bat de l'aile. Être écolo, finalement, c'est bon pour les voisins, semble-t-il. Le projet de Chloé est beaucoup mieux perçu et plusieurs investisseurs sont prêts à délier les cordons de leur bourse.

En ce samedi matin, mon père s'affaire à la cuisine, puis annonce :

– Émilie, je t'emmène. J'ai préparé un pique-nique et on va passer la journée à la campagne.

Enfin du changement ! Je me lève pour me préparer, lorsque j'entends :

– Non, Guillaume, c'est Émilie et moi… seulement.

Je les regarde s'éloigner, un nuage noir prêt à éclater au-dessus de ma tête. Rutabaga aussi a senti qu'on l'abandonnait et elle tire sur sa chaîne en bêlant désespérément. Je m'enferme dans ma chambre et branche mon lecteur MP3. Les piles sont mortes. Même elles me laissent tomber...

Au début de la soirée, j'entends la voiture se garer dans le stationnement. Mes parents en descendent en riant. Bon, au moins, l'atmosphère sera plus détendue. On m'appelle au salon. Ma mère, les yeux pétillants, m'annonce de but en blanc :

– Guillaume, nous venons de prendre une importante décision : nous déménageons. Ton père et moi avons un projet depuis longtemps, et nous venons tout juste de trouver une magnifique ferme à vendre. Des acres de belle terre. De l'espace pour avoir un immense jardin, des poules, des lapins et même un compagnon pour Rutabaga.

– QUOI ? Mais vous ne pouvez pas faire ça. On n'est pas des cultivateurs. On ne peut pas quitter la ville. Et l'école ? Et toi papa, tu ne peux pas abandonner ton travail !

– Je pourrai aller au bureau quelques jours par semaine et faire du télétravail le temps d'assurer la transition. Une ferme, c'est mon rêve qui se réalise enfin. Tu iras à une autre école, c'est tout. Et tu pourras avoir ton tracteur et même un quatre-roues. Peut-être aussi un cheval…

– Mais je me moque d'avoir un cheval ou un tracteur, je veux rester ici ! Maman, tu ne peux pas abandonner ton projet de jardins communautaires !

– Guillaume, ce jardin en ville, c'est perdu d'avance. Les Émiliens veulent un stade, et c'est bien ainsi. De mon côté, je ne perds pas tout: j'aurai le plus grand jardin qu'on peut rêver d'avoir. Nous signerons une offre d'achat dans une semaine.

– C'est aussi dans une semaine que le conseil donnera sa décision, dis-je pour leur rafraîchir la mémoire.

Elle hausse les épaules. Désespéré, je tente un dernier argument:

– Maintenant que tu as présenté ce projet à la municipalité, tu n'es plus seule. Pense à tous ceux qui ont travaillé avec toi, tous ceux qui veulent ce jardin et qui n'ont pas les moyens, comme toi, de partir à la campagne. Tu y as pensé, à eux?

– Guillaume, tu es bien mal placé pour me faire des remontrances. Nous avons pris notre décision, ton père et moi, et si nous sommes destinés à acquérir cette ferme, nous l'achèterons.

Complètement dégoûté, et malgré l'interdiction de sortie, j'enfourche mon vélo et m'éloigne à toute vitesse. Je roule dans la ville, qui porte encore les marques du dernier combat Stade contre Jardins. Je n'arrive pas à croire que je vais déménager à la campagne. Il n'y a pas assez de place dans ma poitrine pour la boule qui s'y est formée. Chloé, ma mère, ma trahison, le déménagement...

Je dois voir Chloé, lui parler. Lui dire que tout ce que j'ai fait, c'était par amitié pour elle. Elle pourra me détester après, quand je serai loin.

Mais d'ici mon départ, j'ai besoin de son soutien, de sa présence, de son rire clair et de sa fougue de lionne. Je sonne chez elle, impressionné malgré moi par les deux lions de marbre qui me fixent froidement. Pas de réponse. Je continue de sonner pendant un moment, imaginant Chloé derrière la porte, refusant de m'ouvrir. Dépité, je reprends mon vélo lorsque la porte du garage s'ouvre. Je reconnais le père de Chloé pour l'avoir vu sur des pancartes de maisons à vendre.

– Excusez-moi de vous déranger, monsieur Patry. J'aimerais voir Chloé.

– Et qui es-tu ?

– Guillaume.

– Ah oui, LE Guillaume ! J'avais hâte que tu te décides à lui parler... Mais aujourd'hui, c'est impossible : Chloé a un match de soccer. Je lui dirai que tu es passé.

– Pour ce que ça va faire comme différence… Merci quand même.

Il me considère un moment en silence, puis ajoute :

– Je te mentirais si je te disais que ça va être facile. Elle t'en veut beaucoup… Tomber amoureuse du fils de sa concurrente… tu avoueras que cette situation sort de l'ordinaire.

Mon cœur bondit : Chloé est amoureuse de moi ! Mais je retombe brutalement sur terre : elle ne l'est plus, maintenant. J'ai tout gâché…

– La situation est plutôt moche, au contraire. Je voulais tout lui révéler dès le début, mais j'en étais incapable. Je l'ai toujours soutenue dans son projet, bien plus que je n'ai pu aider ma propre mère. Mais que voulez-vous, on ne choisit pas ses parents…

– C'est ce qu'elle me dit souvent aussi…

125

– J'aimerais tellement pouvoir lui faire comprendre tout cela.

– Chloé a les défauts de ses qualités. Elle excelle dans tout ce qu'elle touche, mais elle n'a pas encore appris à démêler affaires et amitié. Ne baisse pas les bras tout de suite. Lorsque cette histoire de stade sera terminée, elle verra plus clair dans ses sentiments.

– Le problème, c'est que je n'ai plus de temps. Je déménage à la campagne. Mes parents viennent de trouver une petite ferme et ils rencontrent l'agent immobilier pour signer l'offre d'achat dans une semaine.

– Une ferme ? Mais… et les Jardins d'Émilie ?

– Ma mère est convaincue de perdre, alors elle n'a pas attendu d'être placée devant la défaite.

Le père de Chloé réfléchit un moment, puis demande :

– Et si elle gagne ?

Je hausse les épaules. C'est tellement improbable…

– En résumé, elle a besoin d'un terrain, c'est ça ?

– Oui, mais vous savez mieux que tout le monde qu'il n'y a pas de terrain libre dans Sainte-Émilienne, sauf celui du fermier Tousignant.

Le visage de monsieur Patry s'éclaire alors d'un sourire fugitif.

– Je ne peux rien te promettre, Guillaume, mais si je peux te donner un conseil, n'abandonne pas.

Il est presque 13 heures et, dans quelques minutes, le maire dévoilera le projet gagnant. Je vais revoir Chloé. Et Chloé, probablement, ne me verra pas, comme elle ne m'a pas vu durant les deux dernières semaines.

Ma mère est assise entre mon père et moi. Détendue, le sourire aux lèvres. La plupart des gens doivent penser qu'elle est certaine de gagner. Moi, je sais que c'est parce qu'elle va signer l'offre d'achat de la ferme une heure après la rencontre. Mais je décèle aussi une pointe de tristesse dans ses yeux.

Chloé s'assoit à quelques chaises de nous, à côté de sa mère. La place vide est probablement pour son père. Elle regarde fixement devant elle, en se mordant la lèvre.

Le maire arrive, serre des mains, prend le temps de saluer tout un chacun. Puis il s'installe au micro, le sourire rayonnant.

– Population de Sainte-Émilienne, bienvenue. J'ai rarement vu autant de citoyens réunis ici comme depuis que cette terre a été mise aux enchères. Et je n'ai jamais vu ma ville afficher autant ses couleurs et exprimer ainsi ses choix. Je peux même vous affirmer que les maires des municipalités avoisinantes en sont jaloux ! Sauf du camion de fumier déversé devant chez moi, bien sûr ! J'en ai encore de collé sous mes semelles !

Les gens éclatent de rire en se remémorant cet épisode odorant de la bataille Stade-Jardins. Le maire poursuit :

– Je sais que vous avez tous hâte de connaître le résultat. Avant de dévoiler le projet qui sera réalisé sur le terrain, je dois vous dire que la décision n'a pas été facile à prendre. Nous avons reçu plusieurs projets, mais ceux de mademoiselle Patry et de madame

Arsenault méritaient vraiment qu'on s'y attarde. Malheureusement, nous ne disposons que d'un seul terrain et il n'est pas assez grand pour accueillir les deux projets, ce qui est bien dommage. Nous avons donc considéré à qui profiterait le plus cet emplacement, aujourd'hui et dans les années futures. Si l'environnement et la protection de la planète sont des sujets au goût du jour, la santé de notre jeunesse l'est tout autant. Nous devons réagir à l'épidémie d'obésité qui guette nos jeunes en leur facilitant l'accès aux activités physiques. Si nous ne voulons pas que toute la population de Sainte-Émilienne finisse avec un ventre de père Noël comme le mien, c'est aujourd'hui qu'il faut réagir, ajoute-t-il en se frottant le ventre en riant.

Voilà, c'est évident que le stade va gagner... Ma vie d'adolescent citadin épanoui vient officiellement de se terminer : nous allons déménager. Le maire attend quelques secondes pour augmenter le suspense, puis déclare :

– Tenant compte de tous ces arguments, nous avons décidé, le conseil municipal et moi-même, d'octroyer le terrain à...

– Un instant, monsieur le maire. S'il vous plaît, attendez...

Un brouhaha s'élève dans la salle. Tout le monde se tourne vers l'arrière, où vient d'apparaître, à bout de souffle, monsieur Patry. Moi, je regarde Chloé : furieuse, elle s'est levée pour faire taire son père. Je suis peut-être le seul à savoir pourquoi. Monsieur Patry prend sa fille par les épaules et l'emmène dans un coin de la salle. Chloé résiste. Son père lui explique quelque chose tout en lui montrant un plan de la ville. Je vois la colère de Chloé fondre à mesure qu'il parle. Elle hoche finalement la tête en signe d'assentiment et me jette un coup d'œil en coin.

Puis, Chloé va s'entretenir avec le maire, qui demande ensuite à ma mère de les rejoindre. Tout cela est bien mystérieux. Mais c'est quand je vois un sourire apparaître sur le visage de Chloé ET sur celui de ma mère que mon cœur recommence à battre. Le maire reprend la parole :

– Chers citoyens, une information de dernière minute vient de changer toute l'affaire. Monsieur Patry nous annonce à l'instant qu'il a trouvé un emplacement pour le projet de stade de soccer de sa fille. Un ancien bâtiment d'entretien de l'aéroport a été mis en vente et monsieur Patry vient tout juste de l'acquérir avec un groupe d'investisseurs de la ville. J'ai donc le plaisir de vous annoncer que le stade de soccer verra le jour pour accueillir la belle jeunesse de notre ville… et que la terre de monsieur Tousignant pourra être aménagée pour recevoir les Jardins communautaires d'Émilie.

La foule éclate en applaudissements. J'ai l'impression de ne pas tout comprendre. Je me tourne vers ma mère :

– Mais… l'achat de la ferme ?

Ma mère regarde mon père, qui répond :

– On pourra toujours remettre ça à plus tard. Pour l'instant, le rêve de ta mère nous est présenté sur un plateau d'argent.

J'ai presque envie de sauter de joie. Nous ne déménagerons pas. Et Chloé… Non, c'est vrai, il n'y a plus de Chloé…

Je regarde les gens qui se congratulent autour de moi. Je n'ai pas le goût de prendre part à la fête. Je sens tout à coup une présence dans mon dos. Je me tourne lentement, mal à l'aise. Chloé est là. Elle me regarde, l'air penaud. Ai-je bien vu ? Enfin, elle me saute dans les bras et me serre à m'étouffer. Dans mon oreille, elle murmure :

– Excuse-moi, Guillaume. Je n'ai vu que ce que je voulais bien voir. Tu as été fantastique et je n'ai pas su le reconnaître. Heureusement que… mon père était là…

Monsieur Patry me fait un clin d'œil et un large sourire. Pour la première fois depuis le début de cette histoire, je rends à Chloé son étreinte. Puis je me détache et dis :

– Maman, papa, il y a quelqu'un que j'aimerais vous présenter… depuis très longtemps. Voici Chloé Patry, ma copine. Mon père, Patrick. Ma mère,

Émilie. Maman, je suis certain que tu vas adorer Chloé: elle est végétarienne et tout aussi écolo que toi, sinon plus! Je suis sûr qu'ensemble, vous pourriez créer le premier club écolo de la ville!

Pendant que Chloé et mes parents font enfin connaissance, je regarde autour de moi, libéré d'un poids énorme. Puis je prends la main de ma douce Chloé, bien décidé à rattraper le temps perdu, au moment où des cris affolés retentissent dans le couloir:

– Au secours! Il y a une chèvre en liberté dans l'hôtel de ville!

Je me tourne vers ma mère, découragé.

– Maman! Dis-moi que ce n'est pas vrai… Tu as amené Rutabaga ici?

– Je l'avais pourtant bien attachée à l'entrée… Mais elle s'ennuie tellement, la pauvre!

Mon père rajoute, en m'assénant une grande tape dans le dos :

– Si Chloé est assez en forme pour courir après un ballon, vous ne devriez pas avoir de difficulté à la rattraper !

Voilà, c'est ça, avoir des parents écolos. Heureusement que je les aime, ces deux-là !

TU AS AMENÉ RUTABAGA ICI ?

MOT SUR L'AUTEURE

Ne vous inquiétez pas, **Diane Bergeron** n'a pas encore de chèvre chez elle. Pas de jardin non plus, car pour s'occuper d'un jardin, il faut du temps, et le temps, elle l'utilise surtout pour écrire des histoires et pour s'occuper de sa famille. Elle essaie pourtant d'être un peu plus écolo tous les jours, parce que sa planète, elle la voudrait belle et bleue, pour ses enfants, justement.

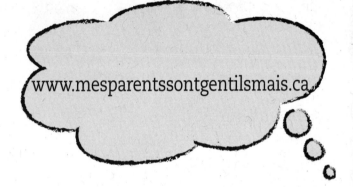

Mes parents sont gentils mais...

1. Mes parents sont gentils mais... tellement menteurs!
   ANDRÉE-ANNE GRATTON

2. Mes parents sont gentils mais... tellement girouettes!
   ANDRÉE POULIN

3. Mes parents sont gentils mais... tellement maladroits!
   DIANE BERGERON

4. Mes parents sont gentils mais... tellement dépassés!
   DAVID LEMELIN

5. Mes parents sont gentils mais... tellement amoureux!
   HÉLÈNE VACHON

6. Mes parents sont gentils mais... tellement mauvais perdants!
   FRANÇOIS GRAVEL

7. Mes parents sont gentils mais... tellement désobéissants!
   DANIELLE SIMARD

8. Mes parents sont gentils mais... tellement écolos!
   DIANE BERGERON

9. Mes parents sont gentils mais... tellement malchanceux!
   ALAIN M. BERGERON

ILLUSTRATRICE : MAY ROUSSEAU

Série Brad

Auteure : Johanne Mercier
Illustrateur : Christian Daigle

www.legeniebrad.ca

Le Trio rigolo

AUTEURS ET PERSONNAGES :

JOHANNE MERCIER – LAURENCE
REYNALD CANTIN – YO
HÉLÈNE VACHON – DAPHNÉ

ILLUSTRATRICE : MAY ROUSSEAU

1. Mon premier baiser
2. Mon premier voyage
3. Ma première folie
4. Mon pire prof
5. Mon pire party
6. Ma pire gaffe
7. Mon plus grand exploit
8. Mon plus grand mensonge
9. Ma plus grande peur
10. Ma nuit d'enfer
11. Mon look d'enfer
12. Mon Noël d'enfer
13. Le rêve de ma vie
14. La honte de ma vie
15. La fin de ma vie
16. Mon coup de génie (printemps 2010)
17. Mon coup de foudre (printemps 2010)
18. Mon coup de soleil (printemps 2010)

www.triorigolo.ca